引子

從幾扇關着的門開始，展現了

寂寞的家

寂寞的城市

寂寞的自然界

寂寞的星空

最後，一個寂寞的人

回到寂寞的家

打開房間的門

不再關上

希望能打開一扇扇心門

從他開始

一個寂寞的晚上

阿濃 著
美心 圖

新雅文化事業有限公司
www.sunya.com.hk

  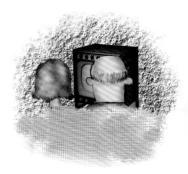

上網時間

爸爸去了上海做生意，經常不在家；媽媽做網上投資，整天對着電腦。他們的房門經常關着。

我上網玩遊戲，覆電郵，做功課，房門也經常關着。

爺爺、嫲嫲在房間裏看電視，怕電視機的聲浪影響我們，所以房門也經常關着。

客廳裏只有寂寞的大黃貓在打瞌睡，還有那寂寞的谷咕鐘，每半小時有一隻谷咕鳥探出頭來谷咕谷咕叫一次。

　　其實媽媽也寂寞，爸爸每年才回
來兩次，一次是老人家生日，爸爸回
來為他們祝壽。爺爺嬤嬤的生日都在
舊曆八月，爸爸回來順便過中秋。

一次是農曆新年，
爸爸回來吃團年飯，一
過「人日」就走。

媽媽也想到上海去陪爸爸，
可是爸爸的爸媽和媽媽的爸媽身
體都不大好，她不大敢走開。

9

媽媽說話不多──簡直很少，跟我和爺爺嫲嫲一天說不上幾句。也曾有舊同學約她相聚，她差不多次次都說沒空，走不開。她把電話一掛掉便會說：

「沒意思。」

爺爺嫲嫲之間很少交談，他們每天主要的節目便是看電視，不過他們看着看着便睡着了。

偶然有電話找他們，我到他們房間叫他們聽，發現電視機開着，爺爺張着嘴打鼻鼾，嫲嫲的頭歪在一邊，手上的毛衣打到一半，針掉在地上。

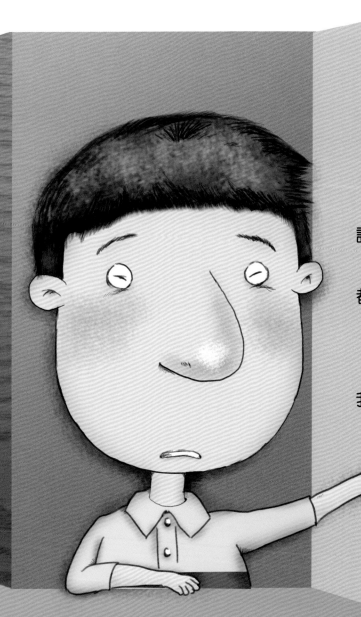

這晚上我剛考完試，沒有功課。

收到的幾個電郵都是說：

「好悶呀！」

「悶死人啦！」

我決定到外面走走。

街上的人真多，都不像是有
事做的人，他們都是怕悶走上街
的吧？

大家肩膊碰肩膊的擠過來、
擠過去，這就不悶了嗎？

也有一些在工作，這裏站一個，
那裏站一個，在派廣告單張。
　　數不清的人從他們面前走過，肯
伸手接一張的百中無一，夠悶的，派
呀派的，忍不住打呵欠了。

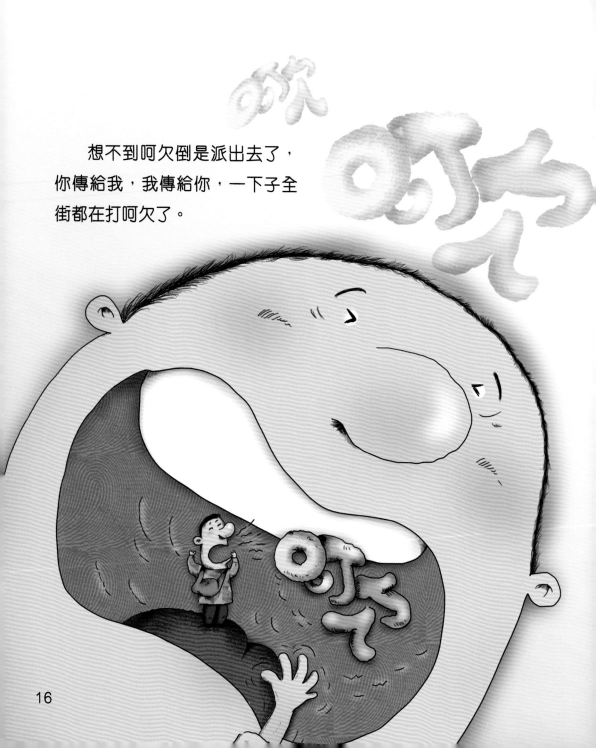

想不到呵欠倒是派出去了，你傳給我，我傳給你，一下子全街都在打呵欠了。

16

也有手拖手的，他們面對的是看厭了的櫥窗，看厭了的城市夜色。戲院裏有看厭了的劇情和男女主角，快餐店裏有吃厭了的Junk Food。

　　有人就是厭倦了這種拍拖決定結婚，然後開始越來越厭的婚姻生活。

我在街上走過，我在戲院大堂走過，我在快餐店走過，迎面而來的都是模糊的面孔。沒有一個眼神跟我溝通，沒有一張笑臉為我展開。

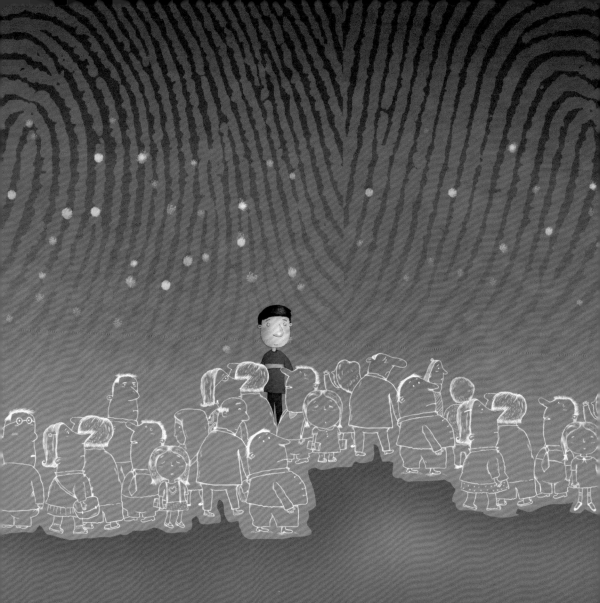

人越多，越寂寞。

我的腳步漸漸把我帶進一處空地，白天有孩子在此踢球，黃昏和早上有人在這裏放狗。空地是政府產業，用途還未定案，因此任由它荒蕪着。

空地周圍是一個個矮小的山坡，
山坡上站立着一排排的大廈，一格格
的亮着燈。

空地近中央處有一汪水，是個天然
池塘。
　　積聚的雨水反射着大廈的燈光。

這時我聽到「閣」的一聲，好像有人忍笑不禁，在掩嘴之前泄漏了少許。

這把我嚇了一跳，四處張望，不見有人。

不久又叫了第二聲，像是誰在打噎，我聽出是池塘中的蛙鳴。

到牠叫第三聲時我認定池塘只有牠一個，

不知何時牠開始在此落戶。

我繞着池邊走了一個圈，想找到牠藏身何處。可是牠卻悶聲不響，大概是由於對我的不信任。我模仿牠「閣」的叫了一聲，卻得不到牠的回應。

我真想跟牠聊聊，人蛙
交談能不能互解寂寥？

26

青蛙不睬我，我
走向那邊的樹叢。
二三十棵樹
形成了一個幽深
的小林，在這遠
離燈光的一角。

27

一小點火光在我面前飛過，忽然
高升又忽然下沉。

螢火蟲？

我懷疑自己的判斷。

牠們不是在這個城市絕跡了嗎？

我追過去看牠，牠幾個起伏
便消失了蹤影。我仰首四望，再
看不見另一顆流動的火光。
　　這一顆孤螢，
　　牠可也寂寞？

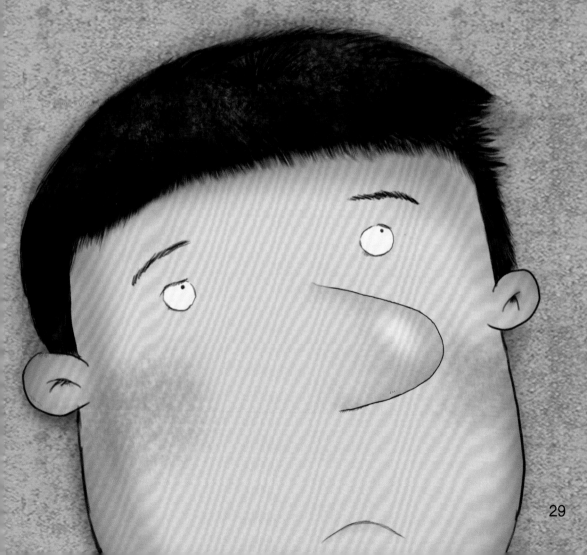

這時我忽然聽到一聲嬰兒的啼哭，跟着是一聲緊接一聲。我的汗毛根根直豎，是不是有殘忍的父母在此棄嬰？

我循着聲音找去，卻見是一黃一白
兩隻貓兒，兩顆寂寞的心在此幽會。

牠們看到我立即鑽進
草叢，回頭看我時，兩對
眼睛像四個燈盞。我輕輕
說了一聲：
對不起！

一把胡琴的聲音遠遠傳來。

「涼風有信呀，秋月無邊，
虧我思嬌嘅情緒，好比度日如
年⋯⋯」沙啞的聲音夠蒼涼的。

「嘈乜呀，你唔瞓人哋要瞓！」
一把尖高的喝罵聲在冷空中震盪，
歌聲截然而止。

這時忽然傳來集體的一聲「嘩！」，
像足球場上有人射出一個好球。
所有大廈一格格的燈光熄滅了，**停電！**

燈一熄，
頭頂的星光便明亮了。
好一個繁星點點的夜空。

「星星呀，你們是如此擠擁，又互相望見，該不會寂寞了吧？」

「我們看上去離得近，實際上隔得遠。要你從這顆星走到那顆星，幾個世紀也走不完。」

是星星在回答我，還是天文學會的老師？

「盈盈一水間，脈脈不得語。」
我記起了牛郎織女的故事。
星星可能比人類更寂寞。

「嘩！」所有的燈光同時亮了。

電回來了。星空隱退。

一重很濃很濃的寂寞
洶湧在我心間。

我悄悄回到家裏。
貓兒打着呵欠來繞我的腳。
谷咕鳥探出頭來，
告訴我是晚上11點。

媽媽的房門關着，爺爺嫲嫲的房門關着，我推開房門走進我的房間，開了燈。

41

想把房門關上時，我遲疑了
一下，又把它打開。

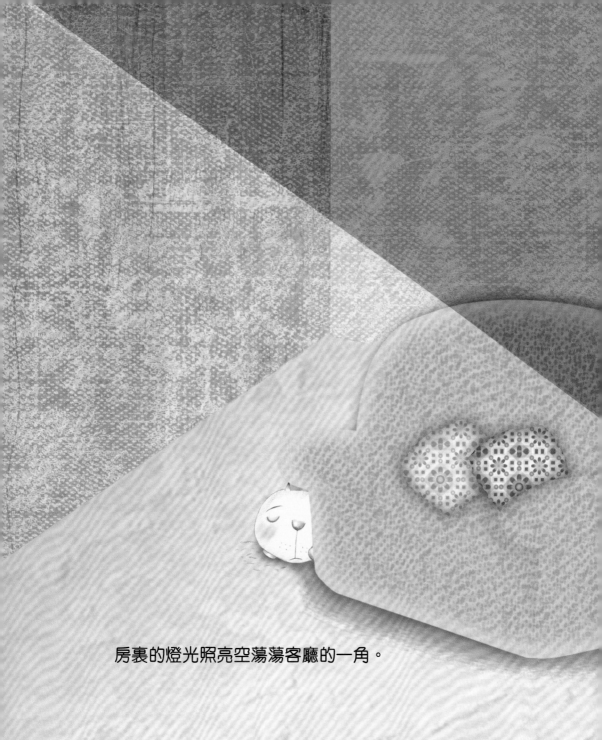

房裏的燈光照亮空蕩蕩客廳的一角。

作 者 簡 介

阿濃

　　原名朱溥生。1954 年畢業於香港葛量洪師範學院，任職中小學教師 39 年。業餘寫作，讀者對象以中小學學生為主。出版書籍過百種，其中超過 15 種獲選「中學生好書龍虎榜」之十本好書，同時五度被選為中學生最喜愛作家。其他獎項包括香港中文文學雙年獎、陳伯吹園丁獎、冰心兒童文學獎等等。

　　1981 年與何紫等志同道合者共創香港兒童文藝協會，曾獲選為會長。

　　2009 年因其對教育及文學之貢獻，獲香港教育學院頒授第一屆榮譽院士名銜。

　　阿濃自 1993 年移居加拿大，至今寫作不輟。

畫 家 簡 介

美心

　　原名鄧繡虹，香港土生土長的藝術工作者，現任香港兒童圖書插畫家協會會長，兒童文學及創意教育學會藝術總監，顯能創作藝術總監。

　　從事美術設計，插畫創作及藝術治療，作品屢獲殊榮，並積極參與推動本地的藝術發展，包括曾於香港演藝學院、香港藝術中心及香港市政局圖書館等教授，亦為香港特殊藝術育成顯能創作出任創意美術課程總監。

　　曾與多位作家及不同類型機構、出版社和藝術團體合作，鄧氏迄今已出版的插畫作品，包括逾 100 本以上不同主題的兒童圖書，其作品開創了多個香港先河。曾獲美國第七屆 TBDA (Television Broadcast Design Award) 插畫設計獎、第五屆台灣國語日報兒童文學牧笛獎圖畫故事組佳作獎、第十六屆香港印製大獎優異獎、香港舞台劇獎首個「最佳海報設計獎」等。

一個寂寞的晚上

作者：阿濃

繪圖：美心

責任編輯：周詩韵

美術設計：何宙樺

出版：新雅文化事業有限公司

香港英皇道 499 號北角工業大廈 18 樓

電話：（852）2138 7998

傳真：（852）2597 4003

網址：http://www.sunya.com.hk

電郵：marketing@sunya.com.hk

發行：香港聯合書刊物流有限公司

香港新界大埔汀麗路 36 號中華商務印刷大廈 3 字樓

電話：（852）2150 2100

傳真：（852）2407 3062

電郵：info@suplogistics.com.hk

印刷：中華商務彩色印刷有限公司

香港新界大埔汀麗路 36 號

版次：二〇一八年七月初版

ISBN 978-962-08-7083-5